हिन्द पॉकेट बुक्स

महान मलिका

नूरजहां

ये बड़े–बड़ों की जीवनियां हैं, जिन्हें छोटों एवं किशोरों के लिए सजाया–संवारा गया है, ताकि इन्हें पढ़कर उनमें उनके जैसा बनने, ऊंचा उठने और दुनिया में बड़ा नाम कमाने की प्रेरणा जगा सकें।

महान हस्तियों की ये जीवनियां बहुत आसान भाषा में और कहानियों की तरह रोचक ढंग से लिखी गई हैं। इसलिए इन्हें याद करने में भी बड़ी आसानी होगी।

सभी जीवनियों में 8–8 चित्र और आख़ीर में एक प्रश्नावली दी गई है, ताकि पढ़ने के बाद लगे हाथ आपकी परीक्षा हो सके।

मुग़लों के शासन–काल में मलिका नूरजहां का रुतबा और ताकत ज़बरदस्त थी। जहांगीर को उस पर बहुत भरोसा था। राज–पाट पर उसकी पकड़ मज़बूत हो गई थी और वह बड़े–बड़े फ़ैसले लेने लगी थी, जिन्हें बादशाह को मानना पड़ता था। वह बेहद सुंदर थी। उसकी सुंदरता ने भी जहांगीर पर जादू कर दिया था। उसके गुणों और प्रतिभा के कारण वह इतिहास में बेमिसाल बन गई। पढ़िए, नूरजहां की प्रेरित कर देने वाली जीवन–कथा।

बच्चों और किशोरों के लिए सचित्र जीवनी

महान मलिका

नूरजहां

शशि जौहरी

हिन्द पॉकेट बुक्स

पेंगुइन रैंडम हाउस इम्प्रिंट

हिन्द पॉकेट बुक्स

यूएसए | कनाडा | यूके | आयरलैंड | ऑस्ट्रेलिया | सिंगापुर
न्यू ज़ीलैंड | भारत | दक्षिण अफ़्रीका | चीन

हिन्द पॉकेट बुक्स, पेंगुइन रैंडम हाउस ग्रुप ऑफ़ कम्पनीज़ का हिस्सा है,
जिसका पता global.penguinrandomhouse.com पर मिलेगा

पेंगुइन रैंडम हाउस इंडिया प्रा. लि.,
चौथी मंजिल, कैपिटल टावर -1, एम जी रोड,
गुड़गांव-122002, हरियाणा, भारत

पेंगुइन
रैंडम हाउस
इंडिया

प्रथम हिन्दी संस्करण हिन्द पॉकेट बुक्स द्वारा 2011 में प्रकाशित
यह हिन्दी संस्करण हिन्द पॉकेट बुक्स में पेंगुइन रैंडम हाउस द्वारा 2022 में प्रकाशित

10 9 8 7 6 5 4 3 2

ISBN 9789353491932

मुद्रकः रेप्रो इंडिया लिमिटेड

www.penguin.co.in

MIX
Paper from
responsible sources
FSC® C047271

This is a legitimate digitally printed version of the book and therefore might not
have certain extra finishing on the cover.

क्रम

नूरजहां का जादू

शहंशाह अकबर एक दूरदर्शी बादशाह और कुशल राजनीतिज्ञ थे। अकबर के समय को स्वर्ण काल कहा जाता था। उसने अपने काल में राज्य का बहुत विस्तार किया। वह उदार स्वभाव के थे और हिन्दुओं के साथ भी अच्छा व्यवहार करते थे। राजपूतों की वीरता से ख़ूब परिचित थे। इसीलिए उनके साथ सहयोग का रवैया अपनाया। उन्हें नाराज़ करना वह अपने हित के लिए ठीक नहीं समझते थे। भारत को मज़बूत बनाने और राजपूत शक्ति का लाभ उठाने के लिए अकबर ने वैवाहिक सम्बन्ध राजपूतों से बनाए। इसका उदाहरण उनकी पत्नी जोधाबाई थीं। मुस्लिम होने के बाद भी वह हिन्दू धर्म को आदर देते थे। शासन की सलाह लेने के लिए वज़ारत यानी मन्त्रीमण्डल की व्यवस्था की।

अकबर की कला में विशेष रुचि थी। वह कला के पारखी थे। इस बात के सबूत तानसेन और बीरबल हैं। जहां तानसेन का संगीत आनन्द प्रदान करता था, वहीं बीरबल से हंसी-मज़ाक़ भी कर लेते थे। ईश्वर ने सब कुछ दिया था, परन्तु उनके कोई सन्तान नहीं थी। इसके लिए वह ख़्वाज़ा सलीम चिश्ती की दरगाह फतेहपुर सीकरी गए, जिसके बाद उन्हें पुत्र रत्न की प्राप्ति हुई। उन्होंने उस पुत्र का नाम ही सलीम रख दिया।

अकबर का शासन काफ़ी समय तक चला। उन्होंने 1566 में आगरा को अपनी राजधानी बनाया था। उस समय आगरा मात्र एक छोटा सा गांव था।

उनके बारे में कहा जाता है कि अकबर संसार के बड़े सम्राटों में सबसे ऊंचा पद पाने के अधिकारी हैं। अपनी बुद्धि, चरित्र और राजनीतिक समझ के बल पर एक राज्य को अपने समय का संसार का सबसे ज़्यादा शक्तिशाली और सबसे अधिक समृद्ध साम्राज्य बना दिया।

मिर्ज़ा ग़यास बेग तेहरान के निवासी थे। वह बहुत गरीब थे। अपने पिता की मृत्यु के बाद सन् 1577 में भारत आ रहे थे। उस समय उनके साथ उनके दो बेटे, एक बेटी और पत्नी जो गर्भवती थी, सब ख़च्चरों पर सामान सहित थे। रास्ते में क़न्धार में उनकी पत्नी ने एक पुत्री को जन्म दिया। उन्होंने बीच रास्ते में एक पेड़ के नीचे अपनी पुत्री को छोड़ दिया और आगे चल दिए, परन्तु बेटी की मां असमत बेगम की ममता ने उन्हें ऐसा करने से रोका और उन्होंने पलटकर पुत्री को उठा लिया। उस पुत्री का नाम मेहरुन्निसा रखा गया। वह लाहौर पहुंचे। रास्ते में उनके मित्र मलिक मसूद मिल गए, जो एक व्यापारी थे। उनकी कोशिश से ग़यास बेग को अकबर के दरबार में काम मिल गया। अपनी सेवा तथा वफ़ादारी से उन्होंने बादशाह के दिल में अपने लिए जगह बना ली और अकबर ने उन्हें क़ाबुल का दीवान बना दिया। अपने परिवार को लेकर वह क़ाबुल चले गए।

उधर अकबर का पुत्र सलीम बचपन से ही नशे का आदी हो गया था। वह उसे प्यार से शेख़ू पुकारते थे और अपने बेटे

सलीम की आदतों से बहुत परेशान रहते थे। उनका परेशान होना स्वाभाविक भी था, क्योंकि सलीम में वह मुल्क के भविष्य को देखते थे। वह समझ गए कि उनके लाड़-प्यार में सलीम बिगड़ जाएगा, अनेक बुरी आदतों का शिकार हो जाएगा और राजकाज ठीक से देख नहीं पाएगा। अतः अकबर ने जहांगीर को शिक्षा के लिए अब्दुर्रहीम ख़ानख़ाना के पास भेज दिया। वह खुद तो पढ़े-लिखे नहीं थे, परन्तु उन्होंने अपने पुत्र की शिक्षा पर पूरा ध्यान दिया। शेख़ू से दूर रहने का उन्हें दुख था, परन्तु उसकी तथा मुल्क की भलाई के लिए उन्होंने ऐसा करना ही ठीक समझा। सलीम को शिक्षा तथा हथियार चलाना सिखाया जाने लगा।

इधर ग़यास बेग की बेटी मेहरुन्निसा धीरे-धीरे बड़ी होती गई। वह सुन्दरता तथा बुद्धिमानी में दूसरी लड़कियों से अलग थी। अपने माता-पिता के साथ वह क़ाबुल में रह रही थी। स्वभाव तथा सुन्दरता के कारण वह बहुत लोकप्रिय हो गई। सभी उस सुन्दरी की प्रशंसा करते थे। जब वह थोड़ी बड़ी हुई, तो उसके पिता को अकबर ने अपने दरबार में आगरा बुला लिया। अपने परिवार के साथ वह आगरा पहुंचे। उनके पुत्र आसफ़ अली को भी दरबार में नौकरी मिल गई थी। मेहरुन्निसा अपने परिवार के लिए बड़ी भाग्यशाली थी। उसके पिता ग़यास बेग की मनसब बढ़ाकर 700 कर दी गई। उन्हें दीवान का ख़िताब दिया गया।

शहज़ादा सलीम दिलफेंक क़िस्म का इन्सान था। उसे मेहरुन्निसा की सुन्दरता के चर्चे तो सुनने को मिलते ही थे। एक दिन जब उसने उस सुन्दरी को देखा, तो वह उसे पसन्द करने लगा। मेहरुन्निसा बहुत ही हंसमुख स्वभाव की थी। एक दिन मीना बाज़ार

में शाहजादे की मुलाक़ात मेहरुन्निसा से हो गई। शहज़ादे के दोनों हाथों में कबूतर थे। उसने मेहरुन्निसा को दोनों कबूतर पकड़ाकर कहा कि थोड़ी देर वह कबूतर पकड़ ले, उसे कोई काम है। वापस आकर वह उन्हें ले लेगा। वह लौटकर आया तो देखा कि मेहरुन्निसा के हाथों में एक ही कबूतर है। शहज़ादा सलीम ने पूछा कि दूसरा कबूतर कहां गया? मेहरुन्निसा ने कहा कि वह तो उड़ गया। शहज़ादे के पूछने पर कि कैसे उड़ा? उसने दूसरा कबूतर भी हाथों से छोड़ दिया और उसे दिखाकर बोली, ऐसे। शहज़ादे को उसकी यह अदा बहुत पसन्द आई। वह अब दिन रात उसके प्रेम में खोया रहने लगा। वह मेहरुन्निसा से विवाह करना चाहता था। उसके पिता ग़यास बेग अपनी पुत्री को बहुत प्यार करते थे और उसकी समझदारी तथा व्यावहारिकता की तारीफ़ करते थे।

मिर्जा ग़यास बेग को सलीम तथा मेहरुन्निसा के बीच की बात अपनी पत्नी से पता चली। मेहरुन्निसा बहुत भोली तथा मासूम थी। शहज़ादे सलीम ने जो उसकी सुन्दरता की तारीफ़ की थी। वह सब उसने अपनी मां को बता दिया था। पिता परेशान थे, क्योंकि वह जानते थे कि अकबर बादशाह एक दरबारी की बेटी का विवाह अपने बेटे से करने को कभी तैयार नहीं होंगे और वह सलीम के दिलफेंक स्वभाव को भी जानते थे। उधर शहज़ादा सलीम को मेहरुन्निसा में कुछ ऐसी बात नज़र आई कि वह हमेशा उसी के बारे में सोचते रहते थे। अकबर चाहते थे कि सलीम का विवाह किसी राजपूत लड़की के साथ हो, ताकि राजपूतों से उनके सम्बन्ध अच्छे हो सकें और वे उनसे लड़ने का विचार छोड़ दें।

सलीम अपनी ज़िद का बड़ा पक्का था। स्त्री की सुन्दरता का वह पुजारी था। उसने समझौता करना सीखा नहीं था। उसने अपने मन की बात जब अकबर से कही, तो वह इसके लिए तैयार नहीं हुए। अकबर ने सलीम की शादी कम-उम्र में ही अम्बरपुर के राजा भगवानदास की बेटी तथा मानसिंह की बहन मानबाई से 1585 में कर दी थी। दूसरा विवाह भी 1586 में राजा उदय सिंह की बेटी जगत गोसाईं से कर दिया। ऐसा उन्होंने राजपूतों से रिश्ते मज़बूत करने के लिए किया था।

अकबर अपने तुर्क सैनिक अली कुली ख़ां को बहुत पसन्द करते थे। वह परशिया से क़ंधार होता हुआ भारत आया था। भारत आकर वह अकबर की सेना में भर्ती हो गया था। वह सिन्ध की लड़ाई में बड़ी वीरता से लड़ा। वह बड़ा वफ़ादार था। अली कुली ख़ान की बहादुरी देखकर ग़यास बेग ने सोचा कि अपनी बेटी मेहरुन्निसा का विवाह उससे क्यों न कर दे। इस बारे में उन्होंने अकबर से बात की, तो उन्हें उनकी ओर से भी मंजूरी मिल गई। इस काम में बादशाह अकबर ने आगे बढ़कर बड़ी ख़ुशी-ख़ुशी काम किया। उन्होंने अली कुली ख़ां की शादी मेहरुन्निसा से ख़ुद ही तय कर दी। इस तरह उन्हें यह भी विश्वास हो गया कि अली कुली ख़ां से विवाह होने पर शहज़ादे सलीम के मन से मेहरुन्निसा का भूत उतर जाएगा और वह सम्राट से बग़ावत नहीं करेगा।

नूरजहां का विवाह

ग़यास बेग ने अपनी बेटी मेहरुन्निसा का विवाह शाही तरीक़े से अली कुली ख़ां से कर दिया। वह इतनी सुन्दर पत्नी को पाकर बहुत ही ख़ुश हुआ। समझदार पत्नी को पाकर वह अपने को भाग्यशाली समझ रहा था। विवाह के बाद अकबर ने अली कुली ख़ां को बंगाल की रियासत सौंप दी। उन्होंने उसे बंगाल का काम सौंपकर वहीं भेज दिया। अली कुली ख़ां अपनी नवविवाहिता पत्नी को लेकर खुशी के साथ बंगाल चला गया।

मेहरुन्निसा तथा अली कुली ख़ां को वैवाहिक जीवन आनन्दमय गुज़ारते हुए अभी थोड़े ही दिन हुए थे कि सलीम की ओर से उसे मेवाड़ विजय के लिए जाने की ख़बर मिली। सलीम के नेतृत्व में उन्हें मेवाड़ के लिए प्रस्थान करना था। अली कुली ख़ां अपनी वीरता तथा वफ़ादारी के लिए प्रसिद्ध था। इसीलिए सलीम ने उसे मेवाड़ के युद्ध की बागडोर सौंप दी। इतनी बड़ी ज़िम्मेदारी पाकर वह बहुत खुश हुआ। मेवाड़ के युद्ध में सलीम को सफलता मिली। अली कुली ख़ां बड़ी वीरता से लड़ा तथा उदयपुर के राणा का साम्राज्य जलाकर खाक कर दिया। चारों तरफ जौहर की चिताएं धधक उठीं।

सलीम अली क़ुली ख़ां के कारनामे से बहुत ख़ुश हुआ और उसे भारी मनसब प्रदान किया। सलीम की नज़रों में उसका सम्मान बढ़ गया। उसकी वीरता से प्रभावित होने का एक और भी कारण था। यह घटना बड़ी रोमांचकारी थी। एक दिन सलीम अली क़ुली ख़ां के साथ था। वह शेर के बच्चे को पकड़ने के लिए जैसे ही आगे बढ़ा कि शेरनी, जो कहीं छिपी बैठी थी, सलीम पर झपट पड़ी और सलीम की गर्दन दबोचने ही जा रही थी कि बड़ी फुर्ती से अली क़ुली ख़ां ने उसे मार डाला और सलीम की जान बचा ली। सलीम उसकी फुर्ती और वीरता देखकर हैरान रह गया। चुस्ती, फुर्ती और बहादुरी से उसकी जान बच गई थी। ख़ुश होकर सलीम ने उसे शेरे अफ़ग़न की उपाधि दी।

मेहरुन्निसा अपने पति के प्रति पूरी तरह वफ़दार थी। क़ायदे से पति के अनुसार जीवन गुज़ारना तथा अध्ययन में लगे रहना उसकी आदत थी। वह कविता भी करती थी। वह घरेलू महिला थी, लेकिन बहादुरी में वह किसी से कम नहीं थी। उसने भी चार शेरों का शिकार किया था। इस प्रकार रूपमती तथा बुद्धिमती होने के साथ-ही-साथ उसकी बहादुरी के भी चर्चे होने लगे। शेरे अफ़ग़न को अपनी ख़ूबसूरत पत्नी के साथ रहने का अवसर कम ही मिला। वीर योद्धा होने के कारण उसे अधिकतर युद्ध में जाना होता था, फिर भी अपनी पत्नी के साथ उसका जीवन अच्छी तरह बीत रहा था।

सलीम का विद्रोह

अकबर के तीन बेटे थे, सबसे बड़ा सलीम, उससे छोटा मुराद तथा सबसे छोटा दानियाल। राजा अकबर उन तीनों में सबसे ज़्यादा सलीम को ही चाहते थे और इसीलिए वह उसे अपना उत्तराधिकारी बनाना चाहते थे। मेहरुन्निसा से विवाह के लिए मना कर देने पर सलीम के मन में अकबर के प्रति नाराज़गी पैदा हो गई थी।

सलीम यानी जहांगीर का चरित्र बहुत ही उलझा हुआ था। एक ओर तो वह औरतों की सुन्दरता का गुलाम था, तो दूसरी ओर बहुत भावुक और न्यायप्रिय शासक भी था। बादशाह बनने की ललक बहुत छोटी उम्र में ही पैदा हो गई थी। वह बड़े उदार मन का था। अपने आकर्षक व्यक्तित्व के कारण बड़ा लोकप्रिय भी था। पिता के लिए उसके हृदय में बहुत सम्मान था। हालांकि अपने पिता के शासन-काल में ही उसका कई बार अपने पिता से विद्रोह हुआ, परन्तु वह अपने पिता के गुणों से बहुत प्रभावित था। 1599 में सलीम के छोटे भाई मुराद की मृत्यु हो गई। अब उसे राज-पाट का मोह इतना बढ़ गया कि उसने कूटनीति से कार्य किया।

सलीम ने अकबर का साथ छोड़ दिया और 1603 तक वह बराबर अपने पिता का विरोधी बना रहा। उत्तर भारत में अपनी

स्थिति मज़बूत करने के लिए उसने इलाहाबाद में अपना दरबार बना लिया। वहीं रहकर वह पूरे उत्तर भारत पर अपना क़ब्ज़ा जमाने की कोशिश करने लगा। उसने अपने लोगों कुतुबुद्दीन खान कोका, महावत ख़ां आदि को बड़ी-बड़ी जागीरें बांटना शुरू कर दीं, ताकि लोग समय पड़ने पर अकबर का साथ न देकर उसका साथ दें। अकबर ने 1602 में अपने मित्र अबुल फज़ल को सलीम को मना लाने के लिए भेजा, परन्तु सत्ता के मद में अंधे होकर सलीम ने उनकी हत्या करवा दी। इससे अकबर बुरी तरह टूट गया और बीमार पड़ गया। लाचार पिता अकबर के जब लाख समझाने पर भी सलीम समझौता करने को राज़ी नहीं हुआ, तो अकबर ने सलीम के पुत्र ख़ुसरो, जिसकी उम्र मात्र 17 वर्ष की थी, उसे अपना उत्तराधिकारी बनाने का फ़ैसला किया।

ख़ुसरो बादशाह बनने के सपने देखने लगा और इसके लिए वह लगातार कोशिश करने लगा। उसने अनेक प्रमुख दरबारियों को अपने पक्ष में कर लिया। शेरे अफ़ग़न, जो कि सलीम का बहुत ही विश्वासपात्र था, वह भी सलीम और अकबर के आपसी तनाव के कारण उसके ख़िलाफ हो गया। शेरे अफ़ग़न के सलीम के ख़िलाफ होने का फ़ायदा ख़ुसरो ने उठाया। अब शेरे अफग़न ख़ुसरो का समर्थन करने लगा। इस उथल-पुथल और अपने सबसे छोटे पुत्र दानियाल की मृत्यु के दुख के कारण अकबर बीमार रहने लगे थे। उन्होंने लाख चाहा कि ख़ुसरो और सलीम में सुलह हो जाए, परन्तु यह सम्भव न हो सका।

अकबर ने परेशान होकर अन्ततः सलीम को बुलवाया और उसे अपना उत्तराधिकारी घोषित कर दिया। इसके बाद 1605 में अकबर की मृत्यु हो गई। उनकी मृत्यु के बाद सलीम को गद्दीनशीन

किया गया। उसके बाद उसे उपाधि मिली नुरुद्दीन जहांगीर। उसके बाद से उसे जहांगीर के नाम से जाना जाने लगा। राजगद्दी पर बैठने के बाद जहांगीर ने पूरी ज़िम्मेदारी से शासन पर अपनी पकड़ मज़बूत कर ली। उसने अपनी प्रजा की समस्याओं को समझा और उनका समाधान किया। ऊंचे पदाधिकारियों का विश्वास भी प्राप्त किया। उसने सोचा, जिन्होंने ख़ुसरो का विरोध में साथ दिया था, उनसे वह निबटेगा। उसे सत्ता के क़रीब लाने और अन्ततः बादशाह बनवाने में सबसे प्रमुख भूमिका मेहरुन्निसा के पिता मिर्ज़ा ग़यास बेग की थी। इस कारण गद्दी पर बैठते ही जहांगीर ने उन्हें एत्मादुदौला की उपाधि प्रदान की और 1500 की मनसब प्रदान की।

कुछ ही दिन के बाद शान्ति स्थापित हो गई। ख़ुसरो की आंखें फुड़वा कर उसे ऐसे बन्दीगृह में डाल दिया, जहां से निकलने का कोई रास्ता नहीं था। जहांगीर के प्रति विद्रोह करने पर और सत्ता के लिए संघर्ष करने में शेरे अफग़न ने ख़ुसरो का साथ दिया था। इसलिए वह उससे नाराज़ था। जहांगीर ने इसकी वजह जानने के लिए कुतुबुद्दीन ख़ां कोका को उसके पास भेजा। उसने समझा कि शायद जहांगीर ने उसे बन्दी बनाने के लिए कोका को भेजा है, इसलिए उसे मौत के घाट उतार दिया। यह देखकर कुतुद्दीन ख़ां के आदमियों ने शेरे अफग़न के टुकड़े-टुकड़े कर दिए। इस प्रकार कुतुबुद्दीन तथा शेरे अफ़ग़न दोनों ही मर गए। अचानक घटी इस घटना से जहांगीर बहुत दुःखी हुआ, क्योंकि एक ओर कुतुबुद्दीन उसका दाहिना हाथ था, तो शेरे अफ़ग़न भी एक वीर सिपाही था, जिसने अनेक युद्ध जीते थे।

जहांगीर की नूरजहां

शेरे अफ़ग़न की मौत के बाद उसकी विधवा पत्नी मेहरुन्निसा को जहांगीर ने आगरा बुलवा लिया। अब तक मेहरुन्निसा एक बालिका लाडली बेगम की मां बन चुकी थी। जहांगीर ने मेहरुन्निसा तथा उसकी लाडली बेगम को अपनी मां रुक़य्या सुलतान बेगम की छाया में रख दिया। रुक़य्या बेगम बहुत ही समझदार थीं। उन्होंने मेहरुन्निसा के दुख को समझा और अपने प्यार से उनका दुख दूर करने की कोशिश की।

जब मेहरुन्निसा का दुख कुछ कम हुआ, तब जहांगीर ने उस पर अपना प्रेम दिखाना शुरू किया। मेहरुन्निसा की हर ज़रूरत का उसने ख़्याल रखा। जहांगीर ने मेहरुन्निसा से मिलने की कोशिश भी नहीं की। वह सही समय के इन्तज़ार में रहा था। पूरे चार साल के बाद जब मेहरुन्निसा को यह विश्वास हो गया कि उसके पति की मृत्यु में बादशाह का हाथ नहीं था, तब उसने अपने मन के विचार मेहरुन्निसा के सामने रखे कि वह उनसे विवाह करना चाहता है। मेहरुन्निसा ने कुछ नहीं कहा। बस, नज़रें शर्म से झुका लीं। इससे जहांगीर को कुछ आशा बंधी, फिर उसने मेहरुन्निसा से कहा कि जहांगीर को उसकी बहुत ज़रूरत है।

वह भी आख़िर इन्सान का दिल रखती थी। हालांकि जहांगीर की कई शादियां पहले हो चुकी थीं, फिर भी वह उसकी बेगम बनने को राज़ी हो गई। मेहरुन्निसा की रज़ामन्दी के बाद जहांगीर ने मिर्ज़ा ग़यास बेग़ से उसका हाथ मांगा, जिसके लिए मिर्ज़ा ग़यास बेग़ ख़ुशी से तैयार हो गए और धूमधाम से जहांगीर से मेहरुन्निसा का निकाह हो गया। विवाह के बाद जहांगीर ने मेहरुन्निसा को नूरजहां की उपाधि दी।

नूरजहां बहुत ही चतुर तथा समझदार महिला थी। विवाह होते ही उसने बादशाह को अपनी सुन्दरता के जाल में उलझा लिया। जहांगीर बहुत न्यायप्रिय, मिलनसार तथा भावुक था। यूं तो वह तेज़ बुद्धि का मालिक तथा शिक्षित था, परन्तु पिता का लाडला पुत्र होने के कारण वह स्वतन्त्र रूप से कोई काम नहीं कर पाता था। वह निर्णय लेने के लिए किसी-न-किसी पर निर्भर रहता था। यह बात नूरजहां समझ गई थी और धीरे-धीरे उसने जहांगीर के दिलों-दिमाग़ में अपनी पकड़ मजबूत कर ली थी। जहांगीर अपनी सभी बेगमों में सबसे ज़्यादा नूरजहां को प्यार करता था तथा उसकी समझ-बूझ पर बहुत विश्वास करता था। जहांगीर को राजकाज सम्भालने के लिए हमेशा किसी विश्वसनीय व्यक्ति की ज़रूरत रहती थी, जो राजकाज सम्भालने में मदद कर सके। अब नूरजहां उसकी बेगम बनने के साथ-ही-साथ शासन को चलाने में भी सहयोग देने लगी थी। इससे वह बहुत ख़ुश था।

जहांगीर राज्य की हर समस्या के बारे में नूरजहां को बताया करता था और उस पर नूरजहां भी अपने विचार दिया करती थी। यदि जहांगीर कार्य उसकी सलाह से करते, तो कार्य ठीक हो जाता

और कभी-कभी उसकी बात न मानने पर जहांगीर को परेशानियों का सामना करना पड़ता। इस प्रकार जहांगीर ने जब यह देखा कि नूरजहां का दिमाग़ बहुत ही अच्छा है और वह समस्या का सही हल निकालती है, तो उसने नूरजहां से पूरा-पूरा सहयोग लेना शुरू कर दिया। इस प्रकार नूरजहां जहांगीर की मुख्य सलाहकार बन गई।

जहांगीर के चार पुत्र थे सबसे बड़ा ख़ुसरो, जो जहांगीर की सबसे बड़ी बेगम मानबाई का पुत्र था, जिसने जहांगीर के ख़िलाफ़ विद्रोह का झंडा गाड़ा था और पस्त हो गया था, जिसके दंड में जहांगीर ने उसकी आंखें निकलवाकर उसे क़ैद में डलवा दिया था। दूसरा शहज़ादा परवेज़ था। उससे छोटा शहज़ादा ख़ुर्रम था, जो आगे चलकर शाहजहां के नाम से प्रसिद्ध हुआ और सबसे छोटा शहरयार था। शहज़ादा ख़ुर्रम जोधपुर के राजा ऊधम सिंह की पुत्री जगत गोसाईं का बेटा था। शहज़ादा परवेज़ बेगम साहिब-ए-जमाल का पुत्र था और शहरयार एक अन्य बेगम से जन्मा था। इन चारों पुत्रों के अलावा जहांगीर की दो बेटियां भी थीं।

नूरजहां के पिता मिर्ज़ा ग़यास बेग अकबर के समय से ही बहुत ऊंचे पद पर थे, परन्तु जहांगीर के गद्दी पर बैठते ही उनका महत्त्व और भी बढ़ गया। वह सम्राट का वज़ीर बन गया था। जहांगीर ने उसे 7,000 जात और 7,000 मनसब प्रदान किए थे। इसी प्रकार नूरजहां का भाई आसफ़ ख़ां भी बड़ा बहादुर तथा बादशाह के प्रति वफ़ादार था। इसलिए जहांगीर ने उसे भी 6000 जात और 5000 मनसब प्रदान किए।

जहांगीर नूरजहां की सूझ-बूझ पर बहुत भरोसा करता था तथा

अपने हर फ़ैसले के लिए वह नूरजहां पर निर्भर रहने लगा था। इसका लाभ उठाते हुए नूरजहां ने अपनी शक्ति बढ़ानी शुरू कर दी। वह शुरू से ही तेज़-तर्रार थी। इसलिए अपना गुट बनाना शुरू कर दिया। उसके दल में चार प्रमुख लोग थे, उसका पिता ग़यास बेग, माता असमत बेग और भाई आसफ़ ख़ां और शहज़ादा ख़ुर्रम।

नूरजहां ने अपनी सूझ-बूझ से शासन पर पकड़ मज़बूत की। सिक्कों पर भी उसका नाम अंकित होने लगा। वह जो भी फ़ैसला लेती, बादशाह को मानना पड़ता था। आदेश-पत्रों पर बादशाह जहांगीर के अलावा नूरजहां के भी हस्ताक्षर होने लगे। उसने शहज़ादा ख़ुर्रम को अपने गुट में शामिल करके दूरदर्शिता का परिचय दिया था। वह उसे बहुत बढ़ावा देती थी। उसका हौसला बढ़ाने, उसे पुरस्कृत करने तथा उसकी सफलता में सहयोग देने में उनका बड़ा हाथ रहता था। इसी कारण शहज़ादा ख़ुर्रम भी अपनी सौतेली मां का बहुत आदर करता था और उनकी हर बात मानता था।

नूरजहां बहुत काबिल थी, जिससे वह बिना किसी कठिनाई के अपने साम्राज्य की कठिन समस्याओं को सुलझा लेती थी। शासन, सत्ता तथा कूटनीति की कोई भी समस्या उसकी समझ से परे नहीं थी। मन्त्री भी उसके सुझाव तथा निर्णय के आगे नतमस्तक हो जाते थे।

उसका सबसे बड़ा गुण यह था कि वह परम सुन्दरी थी। अपनी सुन्दरता के कारण ही वह सम्राट जहांगीर के दिल की रानी बन गई थी। जहांगीर उसकी सुन्दरता पर पूरी तरह मुग्ध था। वह अपनी

उम्र से कम दिखती थी। अपनी मनमोहकता के कारण वह सभी के आकर्षण का केन्द्र बन जाती थी। केवल जहांगीर ही नहीं दूसरी बेगमें भी उसकी प्रशंसा करती थीं। उसे राजा का ढेर प्यार मिला। जहांगीर ने उसे अपने साम्राज्य का कार्यभार तक सौंप दिया था।

वह फ़ारसी भाषा का पूर्रा ज्ञान रखती थी और कविता भी लिखती थी। वह कूटनीतिज्ञ तो थी, परन्तु ज़ालिम नहीं थी। वह बहुत उदार हृदय की मालिक थी। अपने सहयोगियों तथा जनता की सुख-सुविधाओं का ध्यान रखती थी और समय पड़ने पर उनकी हर तरह से सहायता भी करती थी। उसने अनेक अनाथ कन्याओं का विवाह कराया। यही सब गुण थे, जिन्होंने उसे लोकप्रियता दिलाई। उसकी रुचियां बहुत ही उच्चस्तर की थीं, जिसकी छाप उसके व्यक्तित्व से झलकती थी।

बढ़ती ताकत

नूरजहां ने शासन का ज़्यादा-से-ज़्यादा काम सम्भाल लिया, जिसकी वजह से जहांगीर विलासी तथा नशे का आदी हो गया। उसे जिस चीज़ की इच्छा थी, वह सब उसे मिल गया था। युद्धों में उसे अधिक रुचि नहीं रही थी। अपने वीर पुत्र ख़ुर्रम तथा महावत ख़ां पर उसने यह दायित्व डाल दिया था। वह अपने महल तथा दरबार में मस्त रहना पसन्द करता था।

नूरजहां के प्रेरित करने पर जहांगीर ने यह निश्चय किया कि मेवाड़ को हराकर मुग़ल साम्राज्य में मिलाया जाए और फिर दक्षिण तक मुग़ल साम्राज्य का विस्तार किया जाए। जहांगीर के पिता अकबर ने राणा उदय सिंह और महाराणा प्रताप सिंह के साथ अनेक युद्ध किए थे, परन्तु राणा वंश का सिर झुका नहीं पाए थे। सिसौदिया वंश अपनी बहादुरी के कारण मुग़ल साम्राज्य के विस्तार का मार्ग रोके खड़ा था। जहांगीर ने भी कई बार आक्रमण किए, परन्तु वह मेवाड़ को हरा नहीं पाया था। मेवाड़ एक बड़ी चुनौती बन गया था।

जहांगीर को समझ नहीं आ रहा था कि मेवाड़ को किस प्रकार

अपने राज्य में मिलाया जाए, परन्तु नूरजहां से विचार करने पर उसने बादशाह को सुझाव दिया कि शहज़ादे खुर्रम पर वह भरोसा कर सकते हैं, क्योंकि वह बड़ा वीर योद्धा है। उसे ही यदि मेवाड़ विजय के लिए भेजा जाए, तो सफलता मिलने की आशा है। नूरजहां ने जहांगीर को जब यह सुझाव दिया, तो जहांगीर उठ खड़े हुए। उसके चेहरे पर जो भाव आया, वह गर्व तथा हर्ष से भरा था। उसने नूरजहां के इस सुझाव को समझा और नूरजहां का रुतवा और भी बढ़ गया।

शहज़ादा खुर्रम वीर तथा सूझ-बूझ वाला व्यक्ति था। अपने चारों भाइयों में वह सबसे अलग स्वभाव का था। अन्य तीन भाई भी सुन्दरता में खुर्रम से कम नहीं थे, परन्तु अनेक बुरी आदतों के शिकार थे। अपने आलसी स्वभाव के कारण शासन करने के योग्य नहीं थे। युद्ध में उन्हें बिल्कुल भी दक्षता प्राप्त नहीं थी। वे सपनों में ही अपनी इच्छाओं को पूरा करते थे, पर उन सपनों को पूरा करने के लिए जिस समझदारी, चालाकी और मेहनत की ज़रूरत होती है, वह उनमें बिल्कुल नहीं थी, जबकि शहज़ादा खुर्रम उसके लिए हमेशा होशियार रहता था। यदि उसे सत्ता का लालच था और वह हिन्दुस्तान का बादशाह बनने का सपना देखता था, तो उसे पाने के लिए हर तरह से योग्य भी था। वह बहुत दृढ़ इच्छा-शक्ति वाला युवक था। वह एक बार जिस काम को करने की सोच लेता था, उसे फिर हर हालत में करके ही मानता था। वह नूरजहां को बहुत आदर देता था। उसको अपनी मां से भी अधिक महत्त्व देता था। नूरजहां भी उस पर जान छिड़कती थी, क्योंकि वह उसमें भावी सम्राट को देखती थी। खुर्रम भी जानता

था कि उसे यदि जहांगीर की नज़रों में कोई ऊंचा उठा सकता है, तो वह नूरजहां ही है, क्योंकि बादशाह उसके ऊपर ही निर्भर था। उसके हर काम नूरजहां की इच्छा से ही होते थे।

नूरजहां का इशारा पाते ही जहांगीर ने अपने सेनापतियों, सामन्तों, तथा ऊंचे दरबारियों की एक सभा बुलाई और उस बैठक में घोषणा कर दी कि मेवाड़ विजय के लिए ख़ुर्रम को भेजा जाएगा। सभी सेनानायकों तथा सामन्तों ने बादशाह की घोषणा तथा इच्छा का समर्थन किया। उनमें नूरजहां के भाई आसफ़ ख़ां तथा पिता ग़यास बेग भी मौजूद थे। शहज़ादा ख़ुर्रम को जब पता चला कि मेवाड़ फ़तह की ज़िम्मेदारी उसके ऊपर सौंपी गई है, तो उसे बहुत ख़ुशी हुई। वह समझ गया कि उसे इतनी बड़ी ज़िम्मेदारी सौंपने का श्रेय नूरजहां को ही जाता है। वह उसके पास गया। उसका आभार जताया और उससे कहा कि यदि उसे इस लायक़ समझा है, तो वह उनकी आशाओं पर खरा उतरेगा और मेवाड़ विजय करके ही लौटेगा। वह जानता था कि अपनी कुशलता तथा योग्यता दिखाने का एक बड़ा अवसर मिला है। इस कारण इस अभियान को पूर्ण करने में वह अपना जीवन लगा देगा। नूरजहां को ख़ुर्रम का यह आभार जताना बहुत अच्छा लगा।

शहज़ादा मेवाड़ विजय के लिए रवाना हुआ। अभी तक उसने अनेक छोटे-मोटे युद्ध लड़े थे, परन्तु वीर राजपूतों के ख़िलाफ़ वह उसका बहुत ही बड़ा युद्ध था। वह मन से निडर था और आत्मविश्वास से भरपूर था। उसे इस बात की ख़ुशी थी कि जिस काम को उसके दादा नहीं कर पाए, वह उस कार्य को करने जा रहा था।

सन् 1597 में महाराणा प्रताप सिंह की मृत्यु के बाद राणा

अमर सिंह मेवाड़ का राजा बना था। अमर सिंह बिल्कुल अपने पिता राणा प्रताप की तरह ही शूरवीर था। उसने अपने पिता की मृत्यु के समय उनको यह वचन दिया था कि जिन मुग़लों ने उन्हें इस दशा में डाला है, उनको मेवाड़ की एक इंच भूमि भी नहीं देगा तथा अपने पिता की इस दशा का बदला ज़रूर लेगा। वह मुगलों के सामने अपने घुटने कभी नहीं टेकेगा। सिसौदिया वंश पर ज़रा भी आंच नहीं आने देगा।

जैसे सिसौदिया वंश अभी तक सिर उठा कर जी रहे थे, वह उसी प्रकार ऊंचा बनाए रखेगा।

मेवाड़ पर कहर

शहज़ादा खुर्रम सेना के साथ चल पड़ा। उसने हमले से पहले बहुत सूझ-बूझ से काम लिया। सबसे पहले मेवाड़ की स्थिति का अध्ययन किया। राजपूतों की शक्ति को कम करने की तरकीब सोची। राजपूत वीरता में कम नहीं थे। उन्हें बिना किसी चालाकी के हराना मुश्किल था। खुर्रम ने सारी हालात का जायज़ा लेकर उसी के बाद हमला करने का विचार किया।

खुर्रम ने सबसे पहले मेवाड़ के इलाके की खेती-बाड़ी तबाह करनी शुरू की। इससे वे लोग रसद के बिना भूख से कमज़ोर होने लगे तथा उनकी शक्ति कम होने लगी। इस रणनीति में खुर्रम को पूरी सफलता के आसार नज़र आने लगे। दो वर्षों तक युद्ध हुआ। इन दो वर्षों में मेवाड़ की पूरी खेती नष्ट हो गई। भूख से तड़पते सैनिक घास-पात खाकर लड़ते रहे, पर कब तक ऐसे कोई लड़ सकता था! उनके हौसले पस्त होने लगे। उधर राणा अमर सिंह, जिन्होंने जंगलों में शरण ली थी, उनको भी ढूंढने में खुर्रम ने अपने आदमी लगा दिए। उसकी खोज जारी रही। राणा अमर सिंह बार-बार अपने छिपने का स्थान बदल रहे थे, क्योंकि मुग़ल सेना के वहशी दरिंदे उनका पीछा कर रहे थे। यही स्थिति

उस समय भी थी, जब हल्दीघाटी का युद्ध महाराणा प्रताप के साथ हुआ था, परन्तु उस समय रसद की व्यवस्था इतनी ख़राब नहीं हुई थी। राणा अमर सिंह मेवाड़ की यह दशा देखकर परेशान हो गए।

उधर उनका बेटा करन सिंह मेवाड़ के बारे में सूचनाएं लेकर आया, जो मेवाड़ के हित में नहीं थी। जब राज्य तथा प्रजा की यह स्थिति सुनी, तो उन्हें बहुत दुःख हुआ। वह इतने व्याकुल हो गए कि उन्होंने अपने पिता की मृत्यु पर जो संकल्प किया था और उन्हें वचन दिया था, उसे तोड़ने के बारे में सोचने लगे। उन्होंने सोचा कि मुग़लों के साथ सन्धि कर ली जाए, परन्तु बिना किसी शर्त पर। वह अपना सर ऊंचा रखना चाहते थे और सिसौदिया वंश के गौरव को नष्ट नहीं करना चाहते थे। उन्होंने अपना यह सन्देश राजदूत द्वारा शहज़ादा खुर्रम के पास भिजवा दिया कि यदि मुग़ल अपनी कोई शर्त हम पर न रखें और हमारी शर्त स्वीकार करें, तो हम मुग़लों से सम्मान के साथ सन्धि करने के लिए तैयार हैं। इस सन्देश को पाते ही खुर्रम ने अपने पिता जहांगीर से निवेदन किया कि राणा के इस प्रस्ताव को स्वीकार किया जाए। जहांगीर ने अपने पुत्र की बात मानकर मेवाड़ के दूत का स्वागत किया और इस प्रकार मुग़ल राज्य और मेवाड़ में सन्धि हो गई।

सन्धि की कुछ शर्त थी- पहली शर्त तो यह थी कि मेवाड़ पर मुग़ल राज्य का पूरा अधिकार रहेगा, परन्तु राणा अमर सिंह मुग़ल दरबार में कभी नहीं आएंगे। उनका पुत्र करण सिंह दरबार को अपनी सेवाएं देता रहेगा। दूसरी शर्त यह थी कि मुग़ल बादशाह

सिसौदिया लोगों को कभी भी मज़बूर नहीं करेंगे कि वे अपनी बेटियों की शादी मुग़ल वंश में करें। मुग़ल तथा राणाओं में विवाह सम्बन्ध नहीं होगा। तीसरी शर्त थी कि चित्तौड़ का क़िला राणा को वापस किया जाएगा।

जहांगीर ने राणा की तीनों शर्ते मान लीं और चित्तौड़ का जीता हुआ इलाका उनको वापस कर दिया गया। इस तरह राजपूत तथा मुग़लों के बीच का संघर्ष समाप्त हो गया।

मेवाड़ विजय के बाद शहज़ादा खुर्रम को नूरजहां ने बधाई दी तथा उसकी वीरता और समझदारी की प्रशंसा की। 23 वर्ष की उम्र मेंहीखुर्रम ने मेवाड़ फ़तह करके अपनी वीरता तथा कूटनीति का परिचय दिया था। करन सिंह के छोटे भाई को शहज़ादा खुर्रम अपने साथ आगरा ले गया और अपने भाई के समान ही उन्हें आदर तथा प्यार दिया। नूरजहां ने भी हीरे जड़ी शानदार पोशाक, रत्नजड़ी तलवार, एक घोड़ा तथा एक हाथी भेंट किया। जहांगीर ने करन सिंह के छोटे भाई को अपनी दाहिनी ओर बैठने का सम्मान प्रदान किया। ऐसा इससे पहले कभी नहीं हुआ था। मुग़ल दरबार में राजपूतों का हमेशा सम्मान किया गया और इस बात का ध्यान रखा गया कि कभी भी उन लोगों के आत्मसम्मान को चोट न पहुंचे। राणा अमर सिंह ने अपना सारा राजपाट राणा करन सिंह को सौंप दिया और खुद साधारण जीवन जीने लगे।

मेवाड़ विजय खुर्रम के लिए बहुत ही लाभकारी सिद्ध हुई। अब नूरजहां तथा जहांगीर दोनों का ही विश्वास खुर्रम ने जीत लिया। उन दोनों की नज़रों में उसका सम्मान बढ़ गया था। मेवाड़ के बाद दक्षिण विजय का दायित्व भी शहज़ादा खुर्रम को ही सौंपने

की योजना बनने लगी। खुर्रम की सूझ-बूझ का जहांगीर क़ायल हो गया था। उसके सामने खुर्रम के अलावा और कोई नहीं था और किसी में इतनी योग्यता नहीं थी।

आसफ़ ख़ां, जो नूरजहां का भाई था, उसकी बेटी अर्जुमन्द बानो थी। वह देखने में सुन्दर तथा अच्छे स्वभाव की थी। शहज़ादा खुर्रम ने कई बार अर्जुमन्द बानो को देखा था। वह उनकी सुन्दरता पर मर मिटा और उधर अर्जुमन्द बानो की भी यही दशा थी। शहज़ादा खुर्रम के चर्चे तो वह सुनती ही रहती थी। उसके सुगठित शरीर में भी वह आकर्षण था, जिसने अर्जुमन्द बानो को प्रभावित कर लिया था। दोनों ही एक-दूसरे से प्रेम करते थे, परन्तु प्रेम का इज़हार करने में पहल नहीं कर पा रहे थे। खुर्रम के दिल पर अर्जुमन्द बानो की ऐसी छाप पड़ी कि उसने मन-ही-मन निश्चय कर लिया कि वह उससे विवाह अवश्य करेगा। खुर्रम को यह चिन्ता थी कि शायद बादशाह जहांगीर इस विवाह के लिए राज़ी नहीं होंगे। इसके लिए उसने नूरजहां को इस विषय में अपना राज़दार बनाना उचित समझा। अपने मन की बात बता दी।

नूरजहां इस विवाह के लिए राज़ी हो गई। वह अपने भाई की बेटी को पसन्द भी करती थी। अर्जुमन्द बानो थी ही बहुत लुभावने व्यक्तित्व वाली और दूसरी बात यह भी थी कि खुर्रम को वह भावी सम्राट के रूप में देख रही थी। उसने इस प्रकार अपने परिवार को शाही परिवार से और भी जोड़ दिया।

जहांगीर ने अपने बेटे खुर्रम का विवाह आसफ़ ख़ां की बेटी अर्जुमन्द बानो से कर दिया। खुर्रम अर्जुमन्द बानो से विवाह करके पूरी तरह से सन्तुष्ट था। वह उसे दिलो-जान से चाहता था। इधर

अपनी मां नूरजहां का भी अहसानमन्द था और इस तरह नूरजहां का गुट और मज़बूत बन गया था। अपने गुट की शक्ति का उपयोग करके वह शासन सत्ता में अपने पैर मज़बूती से जमाए थी। वह शुरू से ही ऊंचा उठना चाहती थी। सत्ता में अधिक-से-अधिक साझेदारी उसका उद्देश्य था। इतना सब करने पर भी वह चुस्त व्यक्तित्व की मालिक थी और धैर्य तथा कूटनीति से अपने को दृढ़ बनाती जा रही थी।

दक्षिण विजय

1606 में जहांगीर ने शहज़ादा खुर्रम को शाह की उपाधि दी, जिसके कारण आगे वह शाहजहां के नाम से जाना गया। शाहजहां ने अपनी बेगम का नाम मुमताज़ रखा। जहांगीर ने शाहजहां को दक्षिण में बीजापुर, गोलकुंडा और अहमदनगर से निबटने के लिए कूच करने का आदेश दिया। 1608 में अब्दुर्रहीम ख़ानख़ाना को दस लाख रुपए और बारह हज़ार घुड़सवार देकर दक्षिण विजय के लिए भेज गया। उन्होंने अपनी भरपूर शक्ति लगा दी, परन्तु कोई भी लाभ न हुआ। उन्हें सफलता नहीं मिली।

मलिक अम्बर अबीसीनिया का निवासी था। उसे बग़दाद के बाज़ार से ख़रीदा गया था। घूमते-घूमते वह बीजापुर राज्य के दरबार में पहुंच गया। अहमदनगर के नवाब ने उसे बीजापुर से बुला लिया और अपने दरबार में 150 घुड़सवारों के मनसबदार का पद प्रदान करके उसे सम्मानित किया। बाद में वह अहमदनगर का वज़ीर बन गया और मुग़लों के लिए आंख की किरकिरी साबित हुआ। मुग़ल दक्षिण तक अपना राज स्थापित करना चाह रहे थे, पर वह रुकावट बनकर खड़ा हो गया। मुग़लों के क़ब्ज़े के अनेक क्षेत्रों पर मलिक अम्बर ने क़ब्ज़ा कर लिया था। उसने दक्षिण में मुग़लों

के ख़िलाफ़ अपनी ताक़त मज़बूत कर ली और अहमदनगर की सेना में भी भारी वृद्धि कर ली गई। जहांगीर ने मलिक अम्बर के असर को कम करने के लिए अनेक हमले कराए, परन्तु हर बार उन्हें घर का मुंह देखना पड़ा।

शाहजहां को जब दक्षिण फ़तह के लिए भेजा गया, तो मेवाड़ की ही तरह उसने वहां के हालात का जायजा लेकर रणनीति तैयार करने का फ़ैसला किया। उसने वहां की स्थिति को समझकर सन्धि करने का मन बनाया। उनकी इस रणनीति से अब्दुर्रहीम ख़ानख़ाना भी सहमत थे, जो उस समय दक्षिण में ही थे और शहज़ादा ख़ुर्रम उस समय बुरहानपुर में था। शहज़ादे ने वहीं से मलिक अम्बर पर अपनी सेना का दबाव बढ़ाया और उसकी सेना को भारी नुक़सान पहुंचाने लगा। इससे मलिक अम्बर घबरा गया। उसकी सेना को रसद पहुंचाने के सारे रास्ते शाहजहां ने बन्द कर दिए, जैसा उसने मेवाड़ में किया था। मलिक अम्बर ने अपनी जान बचाने के लिए मुग़लों से सन्धि कर ली। बीजापुर नरेश ने शाहजहां को ढेरों कीमती उपहार दिए। अब बालाघाट का सारा इलाक़ा और अहमदनगर का किला मुग़लों के अधीन हो गया था।

शाहजहां जब अहमदनगर विजय करके वापस आया, तो मलिका नूरजहां ने उनका ज़बरदस्त स्वागत किया। उन्होंने भारी-भारी तोहफ़ों से उसे सम्मानित किया। हीरे-जवाहरात, हाथी, घोड़े आदि उसे भेंट में दिए। शाहजहां ने भी अपनी जीती हुई क़ीमती वस्तुएं नूरजहां के क़दमों में रख दीं। माता पुत्र का प्रेम उस समय देखने योग्य था। अब जहांगीर को अपने इस पुत्र की योग्यता पर कुछ भी शक़ नहीं रह गया था। उसका सर अपने इस पुत्र की बहादुरी

से ऊंचा उठ गया। उसने उसी समय घोषणा कर दी कि उसकी गद्दी का वारिस शाहजहां ही होगा।

नूरजहां ने भी शाहजहां की तारीफ़ के पुल बांधे। उसकी वीरता, सूझ-बूझ तथा विजय को बहुत सराहा। शाहजहां ने बड़ी नर्मी से अपनी जीत का सेहरा मां के सिर बांधा। दोनों ही एक-दूसरे से बहुत ख़ुश लग रहे थे। शाहजहां का कहना है कि सफलता की जिस सीढ़ी तक वह आ पहुंचा है, उसका सारा श्रेय उसकी मां नूरजहां को ही जाता है।

दक्षिण विजय के बाद जहांगीर बहुत ख़ुश हुआ। अब वह निश्चिन्त हो गया था और युद्धों का दायित्व शाहजहां पर तथा शासन का काम नूरजहां को सौंप देना चाहता था। उसे शान्तिदायक जीवन बहुत पसन्द था। वह आरामतलब भी था। झरोखे में नूरजहां भी जहांगीर के समीप ही बैठती थी और प्रजा को दर्शन देती थी। प्रजा भी नूरजहां का बहुत आदर करती थी।

दो जीवन : एक जान

जहांगीर बहुत ही न्यायप्रिय था। अपने दरबार के बाहर उसने एक घंटा टंगवाया हुआ था, जिसको कोई भी व्यक्ति, किसी भी समय बजा सकता था और बादशाह से अपनी फ़रियाद कर सकता था। बादशाह उसकी फ़रियाद सुनकर न्याय करते थे। हर समय नशे में डूबे रहने तथा हर बात के लिए नूरजहां पर निर्भर रहने के कारण उसका व्यक्तित्व कुछ उलझा हुआ और अजीब-सा हो गया था। इससे उसकी मानसिक हालत का पता चलता था। जहांगीर के दरबार में पुर्तगाली, डच, अंग्रेज़ आदि विदेशी लोग व्यापार के लिए आते थे। जहांगीर की हालत यह थी कि कभी उनसे बहुत ख़ुश हो जाता था, तो सारा सामान ख़रीद लेता था, कभी नाराज़ होकर उन्हें जेल में डलवा देता था।

नूरजहां बहुत ही चरित्रवान तथा पतिव्रता स्त्री थी। जब उसका विवाह शेरे अफ़ग़न के साथ हुआ था, तो वह उसको ही अपना स्वामी मानकर पति-भक्ति करती थी। उसके बाद जब वह जहांगीर की पत्नी बनी, तो उसी को अपना सब-कुछ मानने लगी। वह जहांगीर से बहुत प्रेम करती थी और तन-मन से जहांगीर की सेवा करती थी।

नूरजहां कला में रुचि रखने वाली थी। उसने तरह-तरह के वस्त्रों, आभूषणों एवं शृंगार सामग्रियों को संवारा। नए-नए ज़री के वस्त्र यानि, कालीन व दरियां आदि बनावाकर कला को बढ़ावा दिया। नूरजहां द्वारा चलाया गया चलन जनता में लोकप्रिय होता था। आगरा का किनारी बाज़ार नूरजहां द्वारा ही बनवाया गया था। वह खुद भी तरह-तरह के आभूषण तथा ज़री के कपड़ों की शौकीन थी। गुलाब के इत्र की खोज भी नूरजहां द्वारा ही की गई थी।

नूरजहां अपने इरादों की पक्की थी। वह जो ठान लेती थी, उसे करके ही छोड़ती थी और जिस पर खुश होती थी, उसे पूरी तरह उन्नति की चरम सीमा तक पहुंचा देती थी। इसका उदाहरण शहज़ादा खुर्रम था, जिसे उसने बादशाह बना दिया, परन्तु मलिका होने के कारण वह थोड़ी-सी घमंडी हो गई थी। वह बहुत ही दूरदर्शी थी। दरबार की कार्यवाही में वह पूरी तरह से भाग लेती थी। वह बहुत होशियारी से काम लेती तथा बादशाह जहांगीर की सही मायने में सहचरी थी।

वैद्यों-हकीमों ने बताया था कि यदि जहांगीर नशा नहीं छोड़ेंगे, तो इनके स्वास्थ्य पर बुरा प्रभाव पड़ सकता है, परन्तु जहांगीर तो नशे के बिना रह ही नहीं सकता था और इतने ज़िद्दी स्वभाव का था कि उससे बात मनवाना बहुत मुश्किल था। उसकी अपनी खूबसूरत रानियां भी उसके अपने रूप-जाल में फांसकर अपनी बात नहीं मनवा पाती थीं।

नूरजहां ने बादशाह को क़ाबू में करने की कोशिश की तथा निश्चय किया कि उसके नशे की आदत को छुड़वाएगी और उसने यह किया भी।

नूरजहां ने सम्राट का नशा कम करने के लिए कहा कि वह अपने हाथों से उसे शराब पिलाएगी। वह साक़ी बनकर प्याला बनाकर अपने स्वामी को देने लगी। इससे जहांगीर बहुत ख़ुश हुए। एक तो शराब, वह भी सुन्दर पत्नी के कोमल हाथों से निकलती थी। वह प्रेम में डूब जाता। नूरजहां प्यार से ज़ाम बनाकर देती जाती। जहांगीर उसे मस्ती में पीते जाते। इस तरह नूरजहां को पता चल गया कि जहांगीर को कितने प्याले पीने पर नशा हो जाता है। नशा होते ही वह उसे प्याला देना बन्द कर देती, जिससे जहांगीर कम शराब पीने लगा और उसकी सेहत में भी सुधार होने लगा। उसकी शराब छुड़ाने के दौरान नूरजहां ने जहांपनाह की कमज़ोरियों को अच्छी तरह जान लिया और उनके सहारे ही उसने बादशाह को पूरी तरह क़ाबू में कर लिया था। वह नियमित रूप से दरबार में बैठने लगी। मुसलमान स्त्रियां बिना पर्दे के किसी के सामने नहीं निकलती थीं। नूरजहां भी बादशाह के दरबार में उसके पीछे पर्दे में बैठी रहती। दरबार की कार्यवाही में वह पर्दे में ही भाग लेती थी। नूरजहां ने मर्यादा में रहकर अपने दोनों ही कार्य किए। एक तो अपने पति की शराब की आदत काफ़ी हद तक छुड़ाकर उसे स्वस्थ बनाया, दूसरे शासन का काम अच्छी तरह से देखकर राज्य की सुरक्षा का ध्यान रखा।

जहांगीर के सनकी स्वभाव को वह अच्छी तरह जानती थी। सब जानते हुए भी कभी उसका सीधा विरोध नहीं किया। वह जानती थी कि ऐसा करने पर जहांगीर तथा मुग़ल साम्राज्य दोनों के लिए ग़लत होगा। अतः उसने हमेशा सूझ-बूझ तथा कूटनीति से कार्य किया। जहांगीर को सम्भालने में जिस धैर्य का परिचय

देती थी, वह तारीफ़ के क़ाबिल था। वह उसे बच्चे के समान ही समझती थी। नूरजहां की देख-रेख में जहांगीर का जीवन बीत रहा था। दोनों ही ख़ुश थे तथा साम्राज्य में भी ख़ुशहाली थी।

अंग्रेज़ भारत से व्यापार करना चाहते थे। वे जहांगीर के दरबार में अक्सर आते थे। मुग़लों को व्यापार में अधिक रुचि नहीं थी, परन्तु अंग्रेज़ भारत को अपना व्यापारिक अड्डा बनाना चाहते थे। अंग्रेज़ जहांगीर की कमज़ोरी से थोड़ा-बहुत परिचित थे। वे उसको परख चुके थे। उन्होंने राज्य में एकता नहीं देखी और देखा कि मुग़ल साम्राज्य भारत में सबसे बड़ा था। क़ाबुल, क़न्धार आदि क्षेत्र मुग़ल साम्राज्य में ही शामिल थे। अतः उन्हें व्यापार का अधिक लाभ होने की आशा भारत से ही थी।

व्यापारियों की चालें

ब्रिटिश व्यापारी सर टामस रो को मालूम हुआ कि जहांगीर की बेगम नूरजहां ही राज सम्भालती है। उनसे पूछे बग़ैर जहांगीर कोई भी काम नहीं करता था। अतः नूरजहां को ख़ुश करने के लिए उसे क़ीमती तोहफ़े देने से काम निकल सकता था। उसे यह भी मालूम था कि नूरजहां का अपना एक बहुत ही ताक़तवर गुट है, जिसमें उसके भाई आसफ़ खां, पिता मिर्ज़ा ग़यास बेग, मां असमत बेग तथा सौतेला बेटा शाहजहां शामिल हैं। यह गुट इतना तेज़ है कि इसकी मर्ज़ी के बिना दरबार में कोई काम नहीं होता। जहांगीर पूरी तरह इस गुट के हाथों में है और उस पर भी एक प्रकार से नूरजहां का शासन चलता है। वह नूरजहां की बात को बहुत ऊंचाई देता है।

इन चारों के रहते सर टॉमस रो अपनी चाल में सफल नहीं हो सकता था। उसे यह भी पता चल गया था कि व्यापार के फैसले आसफ़ ख़ां के हाथ में रहते हैं। उसने आसफ़ ख़ां को रिश्वत देकर भारत में अपने व्यापार के लिए जगह बनाने की सोची और ऐसा किया भी, परन्तु उससे यह कहा गया कि नूरजहां जब तक मंजूरी नहीं दे देती, तब तक कोई काम नहीं हो सकता। तब सर टॉमस

रो ने नूरजहां के पास क़ीमती तोहफ़ों के साथ अपनी अर्ज़ी भिजवा दीं, परन्तु फिर भी अंग्रेज़ों को मुग़ल साम्राज्य में व्यापार करने की इजाज़त नहीं मिल पाई, क्योंकि भारत में पुर्तगाली पहले से ही अपना व्यापार बढ़ा चुके थे और उनके दबाव में आकर जहांगीर ने अंग्रेज़ों को भारत में व्यापार की अनुमति नहीं दी।

सन् 1613 में जहांगीर की माता और अकबर की पत्नी मरियम उज़्मानी का एक जहाज़ 'रहीमी' तीर्थ-यात्रा के लिए जा रहा था। उसे पुर्तगलियों ने सूरत में पकड़ लिया। वह उस जहाज़ को गोवा की ओर ले गए। उस जहाज़ में 700 लोग यात्रा कर रहे थे। पुर्तगालियों ने जहाज़ को लूट लिया। इससे मुग़ल सम्राट भड़क उठे और उन्होंने पुर्तगालियों पर हमला बोल दिया और सूरत के जहाज़ी बेड़ों को छीनने का आदेश भी दे दिया गया। उस समय सूरत में जहाजों का सबसे बड़ा बेड़ा था। आगरा के पुर्तगाली चर्च बन्द करने का फ़रमान भी जारी किया गया। मुग़ल और पुर्तगालियों के इस झगड़े से अंग्रेज़ों ने लाभ उठाने की सोची। ईस्ट इंडिया कम्पनी ने मुग़लों को सहयोग देने का वचन दिया। जहांगीर की इजाज़त के बिना ही उसने पुर्तगालियों के ढेरों जहाज़ जला डाले। उन्होंने सोचा कि वह जहांगीर के दिल में जगह बना लेगी। पुर्तगाली हर तरफ़ से हताश होने लगे, तो उन्होंने मुग़लों से माफ़ी मांगी और हर्जाना देने को भी तैयार हो गए। जहांगीर का दिल तो पुर्तगालियों से फट ही चुका था। अतः उसने उनसे हर्ज़ाना तो वसूल कर लिया, परन्तु व्यापार के सम्बन्ध समाप्त कर दिए।

ईस्ट इंडिया कम्पनी तो इसी इन्तज़ार में बैठी थी। उसने यह सुनहरा मौक़ा देखा और एक बार फिर अपने लक्ष्य को पूरा करने

में लग गई। जहांगीर का विश्वास पुर्तगालियों पर से उठ चुका था। इसका पूरा लाभ अंग्रेज़ों को मिला। इस प्रकार अंग्रेज़ों ने 1615 में पहला दूत मुग़ल दरबार में भेजा। सर टॉमस रो अंग्रेज़ों के दूत के रूप में मुग़ल दरबार में जाने लगे। भारत में नौरोज़ मेला बहुत ही महत्त्वपूर्ण होता है। इसमें देश-विदेश का सामान बिकने के लिए आता है। महल की स्त्रियों का यही एकमात्र खरीदारी का ख़ास मौक़ा होता था। अंग्रेज़ भारत पर छा जाना चाहते थे। अपने यहां की कीमती वस्तुओं का व्यापार भारत में करने के लिए ललचा रहे थे। जहांगीर को तो वे साम, दाम, दंड, भेद से बस में कर सकते थे, परन्तु नूरजहां बहुत ही दृढ़ महिला थी। वह बहुत ही दूरदर्शी भी थी। अतः उसने बादशाह से कहकर ईस्ट इंडिया कम्पनी के काम-काज पर नज़र रखने और भारत में उन्हें व्यापार करने की इजाज़त धीरे-धीरे ही दी। उन्होंने जहांगीर को चेतावनी दी कि वह अंग्रेज़ों के भारत में बढ़ते हुए प्रभावों से सावधान रहे।

नूरजहां का ख़्वाब

नूरज़हां धर्म के मामले में कट्टर नहीं थी। समाज सेवा तथा ग़रीबों की मदद करने में उसे आनन्द मिलता था। जहांगीर शेख़ सलीम चिश्ती की दरग़ाह पर फूल चढ़ाने नंगे पांव जाया करता था। उस समय नूरजहां भी उसके साथ होती थी। वह पांचों वक़्त नमाज़ पढ़ती थी तथा सभी धार्मिक उत्सवों में हिस्सा लेती थी। सूफ़ी दर्शन और विचारों में पूरा विश्वास रखती थी। जहांगीर धर्म के मामले में गम्भीर था। वह अपने पिता के समान ही सभी धर्मों का आदर करता था। सभी धर्मों के उच्च विचार तथा आदर्शों को अपनाने की कोशिश करता था। उसके मन में हिन्दू धर्म का बहुत सम्मान था, परन्तु वह मूर्ति पूजा को मात्र दिखावा मानता था, उससे सहमत भी नहीं था।

जहांगीर की नूरजहां के अलावा सत्रह पत्नियां और थीं। उनके अलावा और ढेरों रिश्तेदार तथा विभिन्न कामों से जुड़ी अन्य स्त्रियां, जिनकी संख्या हज़ारों में थी, सभी महल में रहती थीं। जहां इतनी स्त्रियां एक साथ रहती हों, वहां अन्दरूनी राजनीति आम बात थी, परन्तु नूरजहां उन सभी में मेल-जोल बनाए रखती ती थी। इन सब गुणों के कारण उन्होंने बादशाह जहांगीर के दिल में जगह

कर ली थी। वह दूसरी रानियों के प्रति भी उदार थी, जबकि वे उससे बैर करती थी, परन्तु उसके गुणों तथा चतुराई से सभी प्रभावित थीं। एक बार एक जैन साधु से जहांगीर बहुत ही प्रभावित हुए। वह बाल ब्रह्मचारी था और सम्राट से ज्ञान-ध्यान की बातें करना चाहता था। नूरजहां ने उससे जब बहस की, तो वह नूरजहां की अक़्ल का लोहा मान गया।

सन् 1617 से 1619 के बीच जहांगीर अपने परिवार के साथ खुशी का जीवन जी रहा था। बेटा भी अपनी बेगम मुमताज़ के साथ खुश था कि 1619 में जहांगीर की दूसरी पत्नी शाहजहां की मां जगत गोसाईं का निधन हो गया। जहांगीर को बहुत दुख हुआ। वह जगत गोसाईं को बहुत प्यार करता था, हालांकि यद्यपि वह नूरजहां से विवाह करने के कारण उसे पसन्द नहीं करती थी। शाहजहां भी अपनी मां की मृत्यु से बहुत दुखी हुआ। वह पूरी तरह टूट गया। उस समय नूरजहां ने उसे सहारा दिया। उसने दोहरी भूमिका निभाई। एक ओर मां के रूप में शाहजहां को तथा दूसरी ओर पत्नी के रूप में जहांगीर को संभाला।

जहांगीर शोक से वैसे ही दुखी था। अतः उसने अपने मन की बात मानकर ख़ुसरो को इस शर्त पर आज़ाद कर दिया कि वह अपने पिता को बादशाह के रूप में सम्मान देगा। वह उन सभी सुविधाओं को प्राप्त कर सकेगा, जो एक मुग़ल शहज़ादे को मिलना चाहिए। उसका मुक्त होना नूरजहां के पूरे गुट को अखरने लगा। शाहजहां तो उसके ज़िन्दा रहने से ही परेशान था, इस डर से कि कहीं उसकी भावी बादशाही न छिन जाए, लेकिन नूरजहां अपना पूरा ध्यान शाहजहां पर ही लगाए हुए थी। वह जानती थी

कि भारत का अगला सम्राट शाहजहां ही होगा।

जहांगीर अत्यधिक नशे का सेवन करने के कारण अस्वस्थ रहने लगा था। इससे नूरजहां के मन में चिन्ता रहती थी कि ऐसी अवस्था में वह कितने दिन जीवित रह सकता है। नूरजहां अपनी बेटी लाडली बेगम का विवाह शाहजहां से करना चाहती थी। इस प्रकार वह अपना भविष्य तय कर लेना चाहती थी। अब उसके विचार का केन्द्र शाहजहां ही होता। वह राज-पाट में भागीदारी चाहती थी। शाहजहां अपनी पत्नी मुमताज़ को बहुत प्यार करता था। जब उसे पता चला कि नूरजहां
अपनी बेटी लाडली बेगम का विवाह उससे करना चाहती है, तो वह इस बात से ख़ुश नहीं हुआ। वह अपनी पत्नी के साथ ख़ुशियों से भरा जीवन जी रहा था। उसके दो बेटे दाराशिकोह तथा औरंग़ज़ेब बहुत योग्य और होनहार थे।

शाहजहां ने अपने जीवन में अनेक उतार-चढ़ाव देखे थे। अब वह 27 वर्ष का हो गया था। मेवाड़ और दक्षिण में अपने नाम का डंका बजा आया था। वह जानता था कि ख़ुसरों के साथ अनेक शक्तिशाली राजे-महाराजे थे। इसी कारण उनके बल पर उसने जहांगीर से विद्रोह किया था। अब वह इस बात से भी परिचित हो चुका था कि जहांगीर के मन में कहीं-न-कहीं खुसरो के लिए कोमल भावनाएं हैं। कहीं वह उसे अपनी गद्दी न सौंप जाए।

दक्षिण में मलिक अम्बर फिर सक्रिय हो गया था। जहांगीर ने शाहजहां को एक सेना लेकर दक्षिण जाने का आदेश दे दिया। जब वह दक्षिण की ओर रवाना होने लगा, तो पहले अपनी मां नूरजहां से आशीर्वाद लेने गया। नूरजहां ने उससे अपने मन की

बात कही कि वह अपनी बेटी लाडली बेगम का विवाह उसके साथ करना चाहती है। शाहजहां ने समय की नज़ाकत को देखते हुए अपनी सहमति दे दी, क्योंकि वह जानता था कि उसे सम्राट बनाने में नूरजहां का ख़ास हाथ होगा। इसलिए उनको नाराज़ नहीं करना चाहता था। उसने खुसरो को अपने साथ ले जाने का प्रस्ताव रखा। नूरजहां तथा उसके भाई आसफ़ ख़ां ने नशे में डूबे जहांगीर से इसकी आज्ञा ले ली।

दक्षिण में अम्बर को शाहजहां ने घेर लिया। मलिक अम्बर मुग़ल सेना के सामने टिक न सका। उसने 1612 में मुग़ल सेना के सामने घुटने टेक दिए और उसने मुग़लों से जीता हुआ क्षेत्र वापस कर दिया और साथ-ही 18 लाख रुपए प्रतिवर्ष मुग़लों को देना मंज़ूर किया। इसके अलावा शाहजहां ने हर्जाने के रूप में गोलकुंडा से 20 लाख तथा बीजापुर से 12 लाख रुपए वसूले। उसके बाद शाहजहां ने साज़िश करके खुसरो की हत्या करवा दी। इस तरह अपनी राह के कांटे को दूर कर दिया। खुसरो के क़त्ल की बात सुनकर जहांगीर को इतना दुख हुआ कि इसको भुलाने के लिए वह और ज़्यादा शराब पीने लगा। वह समझ गया था कि इस हत्या में शाहजहां का ही हाथ था, किन्तु कोई सबूत न होने की वज़ह से वह कुछ कर नहीं सकता था।

शाहजहां से जब लाडली बेगम के साथ निकाह की बात कही गई, तो वह उसने वायदा तोड़ दिया और निकाह करने से मना कर दिया। चोट खाई नागिन की तरह नूरजहां फुंफकार उठी। वह जहांगीर से भी कुछ नहीं कह सकती थी, क्योंकि यह बात केवल

शाहजहां और नूरजहां के बीच तय हुई थी। वह खून के घूंट पीकर रह गई और उसने तय किया कि शाहजहां से इस बात का बदला लेकर रहेगी। वह नई-नई चालें सोचती रही। उसने दूसरा रास्ता अपनाया तथा कूटनीति से काम लिया। नूरजहां ने अपनी बेटी लाडली बेगम की शादी जहांगीर के छोटे बेटे शहरयार से कर दी तथा यह निश्चय किया कि अपने दामाद शहरयार को बादशाह बनाकर शाहजहां को नीचा दिखाएगी।

बाग़ी शाहजहां

बेटे की मौत के ग़म ने जहांगीर को और भी नशे की ओर ढकेल दिया था, फिर भी नूरजहां के भड़काने से उसका शक और भी पक्का हो गया कि खुसरो की मौत का ज़िम्मेदार शाहजहां ही है। उसने शाहजहां को दरबार में हाज़िर होने का आदेश दिया और कहा कि शाहजहां खुसरो की मौत के बारे में बताए कि यह सब कैसे हुआ और किसने किया, परन्तु शाहजहां ने पिता के इस आदेश का पालन नहीं किया। आदेश के न मानने से जहांगीर भड़क उठा। वह न्यायप्रिय था और अपराधी को सज़ा देना चाहता था। उसने एक बार फिर सख़्त आदेश दिया, फिर भी शाहजहां नहीं माना। बादशाह की आज्ञा पर आज्ञा न मानने के कारण उसे बाग़ी क़रार दे दिया गया।

जहांगीर अपने बेटे की इस करतूत से बहुत दुखी हुआ। वह इस ग़म को बर्दाश्त नहीं कर सका और रात दिन शराब पीने लगा। शासन तो नूरजहां देख ही रही थी। जहांगीर का स्वास्थ्य दिन-दिन खराब होता गया। नूरजहां उसकी पूरी देखभाल कर रही थी, परन्तु कोई फ़ायदा नहीं हो रहा था। परशिया के सुलतान ने अन्दरूनी कलह देखते हुए क़न्धार पर क़ब्ज़ा कर लिया। जहांगीर ने जब

यह देखा, तो शाहजहां से सुलह करने की सोचकर उसे आदेश दिया कि क़न्धार विजय के लिए चला जाए, परन्तु शाहजहां ने उसके बदले सारे पंजाब और रोहतासगढ़ की मांग की कि वह इलाक़ा उसके नाम कर दिया जाए। जहांगीर शाहजहां के इरादे को भांपकर आग-बबूला हो गया।

शाहजहां को अपनी बहादुरी तथा योग्यता का घमंड हो गया था। शासन पाने की लालसा में वह बाग़ी हो गया। ऐसे समय का लाभ

उठाते हुए नूरजहां ने जहांगीर को सलाह दी कि शहरयार को बड़ी सेना लेकर क़न्धार भेजा जाए और शाहजहां को रोकने के लिए महावत ख़ां को शहज़ादा परवेज़ के साथ भेज दिया जाए। उस समय जहांगीर काफ़ी बीमार था। एक तो ख़ुसरों की मौत, दूसरे शाहजहां की बग़ावत, तीसरे बहुत ज़्यादा नशा करने के कारण वह बिल्कुल थक चुका था। ऐसे में शासन की बागडोर पूरी तरह से नूरजहां के हाथ में आ गई थी। उसने जासूसों का जाल बिछा दिया था, जो पल-पल की ख़बर देते थे। नूरजहां समझ गई कि शाहजहां आगरा का ख़ज़ाना लूटने का प्रयास करेगा। उसने महावत ख़ां से कहकर ख़ज़ाना लाहौर पहुंचाने की व्यवस्था कर दी।

शहरयार ने क़न्धार को बचाने की पूरी कोशिश की, पर वह बचा न पाया और इस तरह क़न्धार मुग़लों के हाथ से चला गया। जहांगीर को इसका बहुत अफ़सोस हुआ। वह जानता था कि क़न्धार को बचाना केवल शाहजहां के ही बस का था। शाहजहां की बग़ावत रंग ला रही थी। विद्रोह को दबाने के लिए जो कोशिशें नूरजहां कर रही थी, उससे उसका भाई आसफ़ ख़ां भी नाराज़ हो गया।

वह अपने दामाद शाहजहां को हिन्दुस्तान का बादशाह बनते देखना चाहता था और नूरजहां अपने दामाद को हिन्दुस्तान की बागडोर सौंपना चाहती थी। इसी मामले में दोनों में मतभेद हुआ और आसफ़ ख़ां नूरजहां के गुट से निकलकर अलग हो गया। इस तरह गुट बिखर गया। आसफ़ ख़ां तथा शाहजहां उसके दुश्मन बन गए। जहांगीर इन सब चालों से बेख़बर था। वह सपने में भी नहीं सोच सकता था कि उसकी पत्नी, जो इतनी समझदार है, इस तरह की साज़िश शाहजहां के ख़िलाफ़ रच रही है, ताकि बादशाह जहांगीर, उसके दामाद शहरयार को राजगद्दी सौंप दे। नूरजहां की सलाह से जहांगीर ने शाहजहां के विद्रोह को कुचलने का दायित्व अपने सलाहकार महावत ख़ां पर छोड़ दिया।

शाहजहां और जहांगीर की सेनाओं का मुक़ाबला 1623 में बिल्लौचपुर में हुआ। कई दिनों तक युद्ध चला। अन्त में शाहजहां की हार हुई। बिल्लौचपुर हार जाने के बाद शाहजहां मांडू लौट आया। शहज़ादा परवेज़ और महावत ख़ां उसका पीछा कर रहे थे। शाहजहां को गुजरात छोड़ना पड़ा। उसके बाद वह बुरहानपुर आ गया और उसने अम्बर मलिक तथा बीजापुर के सुलतान से सहायता मांगी। वहां से सहायता न मिलने पर वह उड़ीसा पहुंचा। उड़ीसा पर उसने बड़ी आसानी से अधिकार कर लिया और हमला करके बंगाल को भी जीत लिया। वह जैसे ही इलाहबाद पहुंचा, महावत ख़ां ने उसे जा पकड़ा, परन्तु वह वहां से भी अपनी जान बचाकर भाग निकला। उस समय मलिक अम्बर का मुग़लों से युद्ध चल रहा था। इसलिए उन्होंने शाहजहां का स्वागत किया। शाहजहां

ने मलिक अम्बर के साथ बुरहानपुर में घेरा डाल दिया, परन्तु महावत ख़ां वहां भी पहुंच गया। शाहजहां घबरा गया और वहां से भी भाग लिया। लड़ते-लड़ते और भागते-भागते शाहजहां थक गया था। वह टूट गया। उसके अनेक साथी भी उसका साथ छोड़ गए थे।

उसी समय जहांगीर कश्मीर से स्वस्थ होकर लौटा। शाहजहां ने अपने पिता के पास एक प्रार्थना-पत्र भेजा, जिसमें उसने अपनी ग़लतियों की माफ़ी मांगी। जहांगीर भी विवश हो गया। उसने शाहजहां को माफ़ कर दिया और उससे सुलह कर ली।

नूरजहां का नया खेल

आसफ़ ख़ां ने देखा कि महावत ख़ां तथा शहज़ादा परवेज़ में मित्रता बढ़ती जा रही है। उसे इस बात का अन्देशा था कि दोनों यदि मिल गए, तो अगला बादशाह कौन होगा, कोई कह नहीं सकता। इसलिए आसफ़ ख़ां ने अपनी बहन नूरजहां को भरोसे में लिया और शहज़ादे तथा महावत ख़ां को अलग करने की सलाह दी। इसका ठीक प्रभाव पड़ा। महावत ख़ां को बंगाल का सूबेदार बनाकर भेज दिया। शहज़ादा परवेज़ और महावत ख़ां समझ गए कि सारा खेल नूरजहां का ही रचा हुआ है। उसने ही चाल चलकर शाहजहां को जहांगीर से विद्रोह करने के लिए विवश किया था। महावत ख़ां तथा खुर्रम को भी नहीं मिलने दिया। उसने राजनीति का ऐसा जाल बिछा दिया कि उसमें सभी दरबारी बंध जाएं। खुसरो की हत्या का षड्यन्त्र भी उसकी कूटनीति में ही शामिल था।

नूरजहां के चरित्र का सबसे बड़ा दोष उसका लालची होना था। राज-पाट का लालच तो उसे था ही, उसके साथ ही दामाद, वह सिर्फ़ अपने मतलब के बारे में ही सोचती थी। उसने जहांगीर से विवाह ही इसलिए किया था कि उसके परिवार के लोगों को ऊंचे ओहदे मिलें। मतलबी होने के कारण ही उसने जहांगीर के

दरबार में दलबन्दी का बीज बोया था। अपनी जलन निकालने के लिए ही उसने महावत ख़ां को अपमानित किया। ख़ुद की इच्छा पूरी करने के लिए वह कुछ भी कर सकती थी। वह किसी को मोहरा बनाकर काम करवा लेती थी। नूरजहां ने अपने प्रभाव से पति को रास-रंग में इस तेज़ी से डुबोया कि उसने जनता तथा राज-काज में रुचि लेना बिल्कुल बन्द कर दिया।

महावत ख़ां तथा शहज़ादा परवेज़ नूरजहां की चाल समझ गए और महावत ख़ां भी उससे चिढ़ गया। महावत ख़ां ने एक पत्र जहांगीर को भेजा, जिसमें अपनी ग़लती जाननी चाही। उस पत्र को नूरजहां ने पढ़ा और जवाब दिया कि बंगाल और बिहार के युद्धों में पकड़े गए हाथियों को भेज दिया जाए तथा पूरा हिसाब दिया जाए। जब महावत ख़ां ने पत्र पढ़ा, तो वह समझ गया कि इस पत्र पर मोहर तो जहांगीर की लगी है, पर इसे नूरजहां ने भेजा है।

उसने जहांगीर से मिलने के लिए कहा। जब नूरजहां को इस बात का पता लगा, तो वह घबरा गई कि कहीं जहांगीर पर सब बात ज़ाहिर न हो जाए।

महावत ख़ां ने एक पत्र लिखकर अपने दामाद को बादशाह के पास भेजा। नूरजहां ने उसके ख़िलाफ़ बादशाह को भड़का दिया और दामाद के पत्र देने से पहले ही उसे हाथ-पैर बंधवा कर क़ैदख़ाने में डलवा दिया। महावत ख़ां इससे बहुत नाराज़ हो गया। उसने मुग़ल सलतनत से बदला लेने की सोची और राजपूतों को भड़काया, फिर युद्ध करने के लिए उत्साहित करके उनमें जोश भर दिया। पूरी कूटनीति से कार्य कर उसने दो हज़ार चुने हुए राजपूतों को

आदेश दिया कि नदी के पुल के नीचे मोर्चा जमा लें। पुल के पार जो जाना चाहे, उसे जाने दें, पर वापस न आने दें। बाक़ी सैनिकों के साथ वह सही समय की प्रतीक्षा करने लगा। जैसे ही उसे पता लगा कि आसफ़ ख़ां के साथ हज़ारों सैनिक पुल पार कर गए हैं, वह फुर्ती से जहांगीर के डेरे में घुस गया। जिसने भी उसे रोका, उसका सिर महावत ख़ां ने तलवार से उड़ा दिया। वह जहांगीर के सामने खड़ा हो गया और तलवार निकालकर कहने लगा कि अगर आपको मेरा कोई दोष समझ में आए, तो इसी तलवार से मेरा सिर धड़ से अलग कर दीजिए। मुझे पता है कि आसफ़ ख़ां के भड़काने पर आपने मेरे ऊपर अन्याय किया है।

वह जहांगीर को अलग ले गया और उससे बातचीत की। उसको बताया कि आसफ़ ख़ां आपका भला नहीं चाहता है। उसी ने शाहजहां को विद्रोह के लिए भड़काया था। नूरजहां अपने दामाद शहरयार को सम्राट बनाना चाहती है। इसलिए आप उनसे भी सावधान रहें।

बादशाह के कहने से महावत ख़ां के सैनिक और वह क़ाबुल की ओर चले गए। नूरजहां अपनी तिकड़म लगाने में लगी थी। उसने मुग़ल सेना तथा महावत ख़ां की सेना में झगड़ा करवा दिया तथा उसे शाही शिकंजे में कस लिया, परन्तु वह किसी तरह दक्षिण चला गया और उसने शाहजहां से सन्धि कर ली।

इधर नूरजहां ने लाहौर के एक उत्सव में शहरयार को 40 हज़ार मनसब दिया तथा दूर-दूर के राजा-महाराजाओं को बुलवाया और घोषणा कर दी कि बादशाह जहांगीर शहरयार को अपना वारिस बनाएं।

अंतिम दिन

जहांगीर 1627 में बहुत गम्भीर रूप से बीमार हो गया। उसे आबोहवा बदलने के लिए कश्मीर ले जाया गया, परन्तु उसकी हालत में सुधार नहीं हुआ। वह लाहौर वापस लौटने की ज़िद करने लगा। नूरजहां अन्दर से बहुत दुखी थी। जहांगीर चारों तरफ़ से परेशानियों से घिर गया था। ख़ुसरो की हत्या हो चुकी थी। दूसरा बेटा परवेज़ भी मर गया था। शाहजहां बाग़ी हो गया था। शहरयार ज़्यादा नशे के कारण बीमार रहने लगा था। उसका भरोसेमंद महावत ख़ां भी बाग़ी हो गया था। 28 अक्टूबर, 1627 को परवेज़ की मृत्यु के ठीक एक साल बाद जहांगीर की भी मृत्यु हो गई।

जहांगीर की मृत्यु के बाद राजगद्दी को लेकर बहुत उथल-पुथल होने लगी। आसफ़ ख़ां ने नूरजहां को नज़रबन्द कर दिया और किसी को उससे मिलने की अनुमति नहीं दी। उसने खुसरो के बेटे को गद्‌दी पर बैठा दिया और शाहजहां को जल्दी-से-जल्दी आने का सन्देश भेजा। शहरयार को जब यह सब पता चला, तो उसने भागने की कोशिश की, परन्तु आसफ़ ख़ां की मदद से उसे पकड़ लिया और जेल में डाल दिया गया।

जैसे ही शाहजहां को आसफ़ ख़ां का सन्देश मिला, उसने महावत ख़ां को बुलवा लिया और उसकी पूरी सेना के साथ आगरा की ओर बढ़ने लगा। 19 जनवरी, 1628 को शाहजहां आगरा पहुंचा और उसने अपने को सम्राट घोषित कर दिया और ख़ुसरो के बेटे को जेल में डलवा दिया। उसने अपने छोटे भाई और नूरजहां के दामाद शहरयार को मौत की सज़ा का आदेश दिया। 23 जनवरी 1628 को शाहजहां की ताजपोशी हुई। उसने नूरजहां को रिहा कर दिया और कहा कि यदि नूरजहां कभी उसके ख़िलाफ़ खड़ी हुई, तो उसका बुरा नहीं करेगा और हमेशा उनका आदर करेगा। नूरजहां को 2 लाख रुपए प्रतिवर्ष पेंशन देकर लाहौर में सम्मान सहित रखा गया। उनकी बेटी लाडली बेगम भी उसके साथ रहने लगी। पूरे 17 वर्ष नूरजहां ने लाहौर में सम्मान से बिताए। वह कभी शाहजहां के रास्ते में नहीं आई। 1645 में लाहौर में नूरजहां का देहान्त हो गया।

नूरजहां अपने में एक अद्‌भुत महिला थी। आज सभी उनका नाम आदर से लेते थे।

●●●

प्रश्नोत्तरी

1. नूरजहां का असली नाम क्या था?
   (अ) लाडली बेगम (ब) अर्जुमंद बानो
   (स) जगत मासाई (द) मेहरुन्निसा।
2. नूरजहां का ख़िताब उसे क्यों मिला?
   (अ) वह सुंदरता की देवी थी
   (ब) वह प्रजा को चाहती थी
   (स) जहांगीर की मलिका बनकर
   (द) शेरे अफ़ग़न के कारण।
3. नूरजहां किसकी बेटी थी?
   (अ) महावत खां की (ब) मिर्ज़ा ग़यास बेग की
   (स) आसफ़ खां की (द) अलीकुली खां की।
4. मुग़ल बादशाह शाहजहां कौन बना?
   (अ) शहज़ादा खुर्रम (ब) शहज़ादा खुसरो
   (स) शहज़ादा शहरयार (द) शहज़ादा परवेज़।
5. नूरजहां क्या लिखती थी?
   (अ) कहानी (ब) कविता
   (स) नाटक (द) उपन्यास।

6. नूरजहां ने खुर्रम के लिए सबसे पहले बादशाह को क्या विजय करने की सलाह दी?
   (अ) दक्षिण (ब) पश्चिम
   (स) मेवाड़ (द) पूरब।
7. मालिक अम्बर कहां का निवासी था?
   (अ) अल्बानिया (ब) तंजानिया
   (स) वर्जीनियां (द) अबीसीनिया।
8. प्रजा की दर्शन देने के लिए नूरजहां जहांगीर के साथ कहां बैठती थी?
   (अ) झरोखे में (ब) पालकी में
   (स) बग़ीचे में (द) दरबार में।
9. नूरजहां ने भारत में किसके बढ़ते प्रभाव से सावधान रहने के लिए कहा?
   (अ) पुर्तगालियों के (ब) अंग्रेज़ों के
   (स) डचों के (द) फ्रांसीसियों के।
10. नूरजहां का सन् 1645 में कहां देहान्त हुआ?
   (अ) कश्मीर में (ब) कंधार में
   (स) लाहौर में (द) दिल्ली में।

उत्तर

1. (द), 2. (स), 3. (ब), 4. (अ), 5. (ब), 6. (स), 7. (द), 8. (अ), 9. (ब), 10. (स)।